Ullstein

W0241905

Illustrationen von H. Lee Shapiro

Richard Bach

Der unsichtbare Ring

Mit einem Nachwort
von
Sybil Gräfin Schönfeldt

Ullstein

ein Ullstein Buch
Nr. 23161
im Verlag Ullstein GmbH,
Frankfurt/M – Berlin
Titel der amerikanischen
Originalausgabe:
»There's No Such Place As Far Away«
Ins Deutsche übertragen
von Hans Baumann

Ungekürzte, um ein Nachwort
erweiterte Ausgabe

Umschlagentwurf:
Hansbernd Lindemann
Illustration: H. Lee Shapiro

Printed in Germany 1993
Gesamtherstellung:
Clausen & Bosse, Leck
ISBN 3 548 23161 6

Oktober 1993
Gedruckt auf alterungs-
beständigem Papier mit
chlorfrei gebleichtem Zellstoff

Die Deutsche Bibliothek –
CIP-Einheitsaufnahme

Der unsichtbare Ring / Richard Bach.
Mit Ill. von H. Lee Shapiro und
einem Nachw. von Sybil Gräfin
Schönfeldt. [Ins Dt. übertr. von
Hans Baumann]. – Ungekürzte,
um ein Nachw. erw. Ausg. –
Frankfurt/M; Berlin: Ullstein, 1993
(Ullstein-Buch; Nr. 23161)
Einheitssacht.: There's no such
place as far away <dt.>
ISBN 3 548 23161 6
NE: Bach, Richard; Shapiro,
H. Lee; EST; GT

Vom selben Autor
in der Reihe
der Ullstein Bücher:

Glück des Fliegens (20711)
Die Möwe Jonathan (20897)
Illusionen (22117)
Brücke über die Zeit (22278)

Ann!
Ich danke dir für
die Einladung zu deiner
Geburtstagsparty!

Zwischen uns liegen
tausend Meilen, und ich
reise nur aus wichtigsten
Anlässen – eine Party für Ann
aber geht mir über alles.

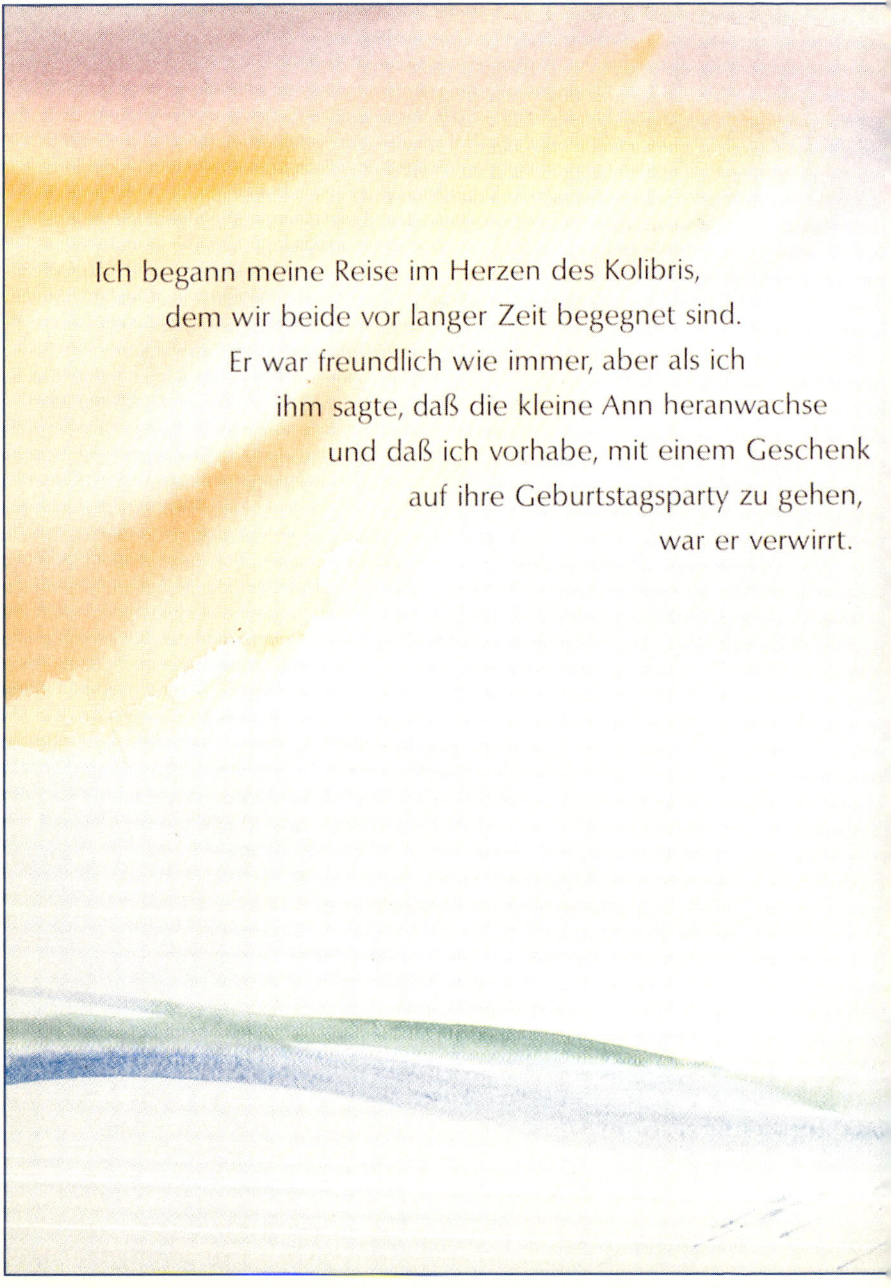

Ich begann meine Reise im Herzen des Kolibris,
dem wir beide vor langer Zeit begegnet sind.
Er war freundlich wie immer, aber als ich
ihm sagte, daß die kleine Ann heranwachse
und daß ich vorhabe, mit einem Geschenk
auf ihre Geburtstagsparty zu gehen,
war er verwirrt.

Wir flogen lange
in tiefem Schweigen,
bis der Kolibri schließlich sagte:
»Ich verstehe sehr wenig
von dem, was du da sagst,
aber am allerwenigsten verstehe ich,
daß du auf diese Party *gehen* willst.«

»Natürlich werde ich
auf diese Party gehen«, sagte ich.
»Was ist daran so schwer
zu verstehen?«

Der Kolibri blieb still,
und erst, als wir dort ankamen,
wo die Eule wohnt, sagte er:
»Können Meilen uns wirklich
von Freunden trennen?
Wenn du bei Ann sein willst,
bist du dann nicht schon dort?«

»Die kleine Ann wächst heran,
und ich habe vor, mit einem Geschenk
auf ihre Geburtstagsparty zu gehen«,
sagte ich zur Eule.
Es fiel mir nicht leicht,
so einfach *gehen* zu sagen,
nachdem ich mit dem Kolibri gesprochen hatte,
aber ich sagte es so, daß die Eule mich schon
verstehen würde.

Auch sie flog lange schweigend dahin.

Es war ein freundliches Schweigen,

aber als sie mich sicher dorthin
gebracht hatte, wo der Adler wohnt,
sagte sie: »Ich verstehe sehr wenig von dem,
was du da sagst, aber am allerwenigsten
verstehe ich, daß du findest,
deine Freundin sei *klein*.«

»Natürlich ist sie klein«, sagte ich,
»sie ist ja noch nicht erwachsen.
Was ist daran
so schwer
zu verstehen?«

Die Eule sah mich
mit ihren geheimnisvollen
Bernsteinaugen an, lächelte
und sagte: »Denk darüber nach!«

»Die kleine Ann wächst heran, und ich
habe vor, mit einem Geschenk auf ihre
Geburtstagsparty zu gehen«,
sagte ich zum Adler.
Es fiel mir nicht leicht,
so einfach *gehen* und *klein*
zu sagen, nachdem ich mit
dem Kolibri und der Eule
gesprochen hatte,

aber ich sagte es so,
daß der Adler mich schon
verstehen würde.

Wir flogen zusammen
übers Gebirge und
ließen uns vom Aufwind höher tragen.

Schließlich sagte der Adler: »Ich verstehe
sehr wenig von dem, was du da sagst,
aber am allerwenigsten verstehe
ich das Wort *Geburtstag*.«

»Aber natürlich Geburtstag!« sagte ich.
»Wir wollen die Stunde feiern, in der
ein Leben begann, das es vorher nicht gab –
das Leben von Ann.
Was ist daran so schwer zu verstehen?«

Der Adler bog
seine Schwingen
zum Sturzflug und
setzte mit einer glatten
Landung im Wüstensand auf.
»Eine Zeit, bevor Anns Leben
begann? Glaubst du nicht
eher, daß es Anns Leben
ist, das vor aller
Zeit war?«

»Die kleine Ann wächst heran,
und ich habe vor, mit einem Geschenk
auf ihre Geburtstagsparty zu gehen«,
sagte ich zum Habicht.
Es fiel mir nicht leicht, *gehen* und
klein und *Geburtstag* zu sagen,
nachdem ich mit dem Kolibri,
der Eule und dem Adler
gesprochen hatte, aber

ich sagte es so, daß der Habicht
mich schon verstehen würde.

Die Wüste erstreckte sich tief unter uns,
und schließlich sagte der Habicht:
»Weißt du, ich verstehe sehr wenig
von dem, was du da sagst,
aber am allerwenigsten
verstehe ich *wächst heran.*«

»Natürlich wächst sie heran«, sagte ich.
»Ann ist nun ein Jahr näher
am Erwachsensein, ein Jahr weiter
entfernt von ihrer Kindheit.

Was ist daran so schwer zu verstehen?«

Der Habicht landete schließlich in einer einsamen Bucht.
»Ein Jahr weiter entfernt von
ihrer Kindheit?« fragte er.

und flog davon.

Und er erhob sich in die Lüfte

»Das hört sich aber nicht nach Heranwachsen an.«

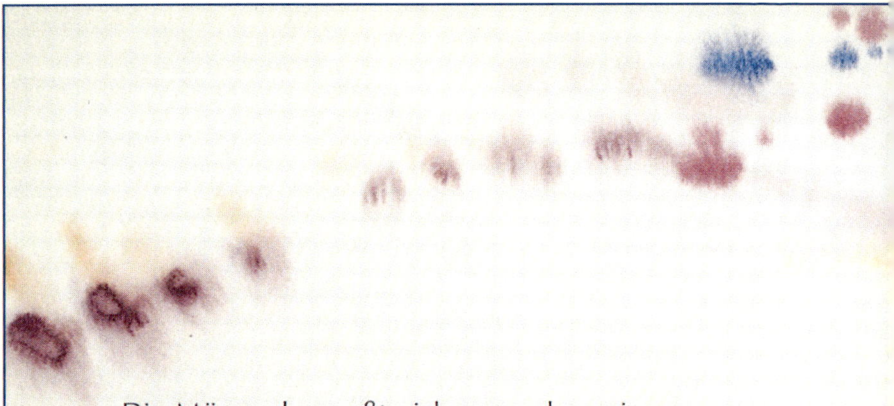

Die Möwe, das wußte ich, war sehr weise.
Während ich mit ihr flog, erzählte ich ihr,
was die anderen Vögel zu meinem Vorhaben
gesagt hatten. Ich überlegte dabei sehr sorgfältig,
um die Möwe merken zu lassen,
daß ich dazugelernt hatte.
Die Möwe hörte sich alles an und sagte dann:
»Sie alle haben recht. Meilen können uns nicht
wirklich von Freunden trennen.«

Ich erwog jedes Wort und sagte schließlich:
»Warum trägst du mich dann zu Ann,
wenn du sicher bist,
daß ich schon bei ihr bin?«

Die Möwe zog
ihre Bahn über das Meer,
über Berge und
Straßen und ließ
sich sanft auf dem
Dachfirst deines
Hauses nieder.

»Weil es für dich wichtig ist, gerade diese
Wahrheit zu erkennen«, sagte sie.
»Ehe du sie begreifst, ehe sie dir
wirklich zu eigen wird, kannst du sie
nur nach und nach in dich aufnehmen,
mit Hilfe von außerhalb,
von Maschinen,
Menschen
und Vögeln.
Aber bedenke dabei stets,
daß Unverständnis
die Wahrheit nicht
davon abhält, wahr zu sein.«

Und die Möwe entschwand.

Nun wird es Zeit,
daß du erfährst,
was für ein Geschenk
ich dir bringe. Dinge aus
Blech und Glas nutzen sich
in einem Tag ab und
werden weggelegt.
Für dich habe ich
eine bessere Gabe.

Es ist ein Ring, den du tragen sollst.
Er funkelt in einem besonderen Licht.
Keiner kann ihn dir wegnehmen,
niemand ihn zunichte machen.
Du als einzige auf der ganzen Welt
kannst den Ring, den ich dir heute gebe,
sehen, so wie ich allein ihn sehen konnte,
als er mein war.

Der Ring verleiht dir eine neue Kraft.
Wenn du ihn trägst, kannst du dich
in die Schwingen aller Vögel versetzen –

du kannst durch ihre goldenen Augen sehen,
kannst den Wind spüren, der durch ihre
samtenen Federn streicht.
Das Glücksgefühl, sich über die Welt
und all ihre Sorgen zu erheben, wird dir
zuteil werden. Solange es dir gefällt,
kannst du am Himmel bleiben,
über Nacht und Sonnenaufgang,
und wenn du danach verlangst,
zur Erde zurückzukehren,
wirst du auf all deine Fragen
Antworten gefunden haben
und deiner Ängste ledig sein.

Von keiner Hand zu berühren,
unsichtbar
fremdem Auge,

wird dein Ring um so mehr
vermögen, je mehr du ihm
zutraust.

Anfangs
wird sich seine Kraft nur im Freien erweisen,
wenn du den Vogel beobachtest,
mit dem du fliegst.

Später aber, wenn du gelernt hast,
mit dem Ring umzugehen,
genügen Vögel, die du gar nicht siehst,
und zuletzt wird dir aufgehen,
daß du weder
Ring noch Vogel brauchst,
um über die Stille
der Wolken hinzufliegen.

Wenn dieser Tag gekommen ist,
gib den Ring weiter an jemanden,
der einmal zu verstehen vermag,
daß nur die Dinge zählen,
die aus Wahrheit und Freude gemacht sind,
nicht aus Blech und Glas.

Ann, heute rundet sich ein Jahr,
wir feiern die Stunde unserer Begegnung,
den Tag, an dem ich zu lernen begann,
was zu lernen war von unseren
Freunden, den Vögeln.

Ich muß gar nicht
erst zu dir kommen,
weil ich schon bei dir bin.

Du bist nicht mehr klein,
weil du bereits erwachsen bist
und durch deine Lebensspannen
streifst in Lebensfreude – wie wir alle.

Du hast gar nicht Geburtstag,
weil du seit je am Leben bist.
Du wurdest nie geboren,
und niemals wirst du sterben.
Du bist nicht das Kind der beiden,
die du Vater und Mutter nennst,
sondern ihr Begleiter beim großen Abenteuer
auf dem leuchtenden Weg
zum Wesen der Dinge.

Hinter jeder Freundesgabe
verbirgt sich ein Wunsch für dein Glück,
und so ist es auch mit diesem Ring.

Fliege frei und glücklich
jenseits von Geburtstagen immerzu,
wohin es dich zieht,
und wir werden einander
da und dort begegnen,
wenn wir's wünschen:
in der Mitte des einen Festes,

das nie endet.

Sybil Gräfin Schönfeldt

Von Menschen und Möwen und anderen Vögeln

Es gab einmal eine Zeit, da war der Himmel leer. Wolken zogen drüber hin, manchmal ein Vogelschwarm, und wenn ihn etwas Außergewöhnliches bevölkerte, so war es ein Drachen, den Kinder im Herbstwind steigen ließen.

Der Himmel blieb lange unschuldig und leer. Wolken und Vögel schauten zu, wie sich die Menschen die Erde untertan machten, wie sie im Schweiße ihres Angesichtes rodeten und säten, wie sie Wälder abholzten und die Stämme nutzten zu Hütten, Palisaden und Schiffen, wie sie das Land mit Straßen überspannten, wie sie Städte aufbauten und in Trümmer legten, wie sie aus der Erde eine geschundene Kreatur machten. Kein Wunder, daß sie des Nachts vom Fliegen träumten. »Wenn ich ein Vöglein wär...« heißt es mit lieblicher Einfalt im Volkslied, und in allen Mythen und Märchen gibt es die Männer, die sich die Luft – den Luftraum, wie es später heißen sollte – erobern wollten, mit Macht und Mut, und natürlich müssen die Götter ihr Aufbegehren ahnden. Die Götter Griechenlands auf ihrem Olymp, schon halb im Himmel, ließen ihn sich nicht nehmen. Sie allein durchmaßen ihn auf Sonnenwagen und unsichtbaren Bahnen. Flügel und Federn brauchten sie nicht.

Man muß wohl erst eine Grenze überschreiten, muß beiden Elementen angehören, Luft und Erde, Luft und Wasser, wenn man sich über das Feste und das Feuchte erheben will. Im Märchen ist das möglich. Du kannst dich entziehen, kannst eine Schwanenjungfrau sein, kannst mit den Schwestern nichts als das Rauschen deiner starken Schwingen um dich sein lassen, kannst die großen dichten Wälder mit Hexen und Drachen und den herumirrenden dritten Söhnen überfliegen, aber es gibt einen Preis für diese äußerste Freiheit und Ungebundenheit: Du darfst dich nicht binden. Das zauberische Leben in beiden Elementen ist ein Übergang, ein Augenblick des endlosen Stillstands. Nichts geschieht, bis du dich entscheidest, und nach der Entscheidung bist du ein Mensch und gehst auf den Tod aller Menschen zu, oder du bist nur noch eine

Bewegung der Luft, ohne Tod, ohne Trauer, auch ohne Freude über die Freiheit, die nun nicht mehr ist als die Freiheit einer Welle, zu rauschen, oder eines Blattes, vom Baum zu fallen.

So war das in den Märchen und Sagen. Naturgestalten, deren Spiel die Rätsel lösen und die Lösungen ertragen helfen sollte, die das Leben stellte, und dazu Wotans Wilde Jagd und die ebenso wilde Sehnsucht, das Unvollkommene, die Kälte des Winters, den Jammer des Elends zu verlassen.

Und die Engel? Man kann sich nicht aufschwingen, ein Engel zu sein. Die Engel kommen zum Menschen, sie sagen zu Maria: Fürchte dich nicht! Sie lobsingen und sagen von den himmlischen Herrlichkeiten, an die man glauben muß, glauben möchte, und früher war es vielleicht leichter, an den Schutzengel zu glauben, der das Kind sicher über das schwankende Bretterbrückchen führte und niemals schlief.

Wer glaubt schon noch an Engel? Nicht nur an die Engel im Evangelium, so wahr wie Wein und Brot, aber so unbegreiflich und unsichtbar wie die Dreieinigkeit und das Paradies. Wer glaubt an Engel, die neben dir stehen und mit dir singen und ihre Flügel um dich schlagen, so daß du gerettet bist vor Satan? Das ist ein gewaltiges Bild, und es irritiert den modernen Menschen, der daran glaubt, daß sein nach mathematischen Regeln gebautes Gerät die Venus umkreist und zu ihm zurückkehrt. Aber jeder hat im Advent einen laubgesägten oder im Erzgebirge gedrechselten Weihnachtsengel, der ihm die Kerze hält; schickt Postkarten mit Engeln an Feinde und Freunde und stellt sich bei der Musik des Thomaskantors vielleicht vor, die marmornen oder die geschnitzten Engel in den Kirchen könnten sich regen.

Ein Ur- oder Ururenkel dessen, der diese Musik zum Lobe Gottes und seiner Engel schuf, hat irgendwann dieses Land der fliegenden Greife und Genien, der Geister und der himmlischen Heerscharen verlassen und sich in der Neuen Welt, in dem Kontinent angesiedelt, in dem erst anderthalb Jahrtausend nach dem Englischen Gruß die Choräle des Ahnherrn von engeldurchrauschten Himmeln künden konnten. Und dessen Grenzenlosigkeit die Reisenden aus der Alten Welt heute noch überwältigt. »Das ist eine Weite –«, sagen sie und finden keine Vergleiche.

Weit wie der Himmel, und dieser Himmel ist gänzlich leer. Eine doppelte Weite, eine wahrhaft grenzenlose Grenzenlosigkeit. Da wacht der alte horror vacui wieder auf, die Angst vor der Leere, vor der Verlassenheit und Verworfenheit. Die Angst, nicht mehr als ein Tier zu sein. Werden und vergehen. Ein Dasein ohne mehr Sinn als das Dasein.

Was aber tun gegen diese Leere und das Entsetzen, das sie auslöst? Es braucht Jahrhunderte, um Wälder und Firmamente mit den Geistern und Geschöpfen zu bevölkern, die man herbeirufen kann, beschwören, erflehen und die voller Weisheit und Strenge die richtigen Wege weisen, die richtigen Fragen stellen, damit der Mensch weiß, wer er ist und wie er sich vor dem Horror retten kann. Wer in der Neuen Welt nicht als Indianer geboren wurde, war fremd und allein.

Wer weiß, wie früh in der Alten Welt »Gott ist tot!« gemurmelt wurde, nach welchem Krieg, nach welchem Brand, nach welchen Beweisen, daß der Mensch kein Gewissen hat, soviel auch davon gesprochen wurde. Wann man begann, den Dingen zu vertrauen, die man begreifen, wann man sich auf Zahlen verließ, die man berechnen kann. Wo war Gott, als Simplicius zuschauen mußte, wie die Soldaten seine Eltern zu Tode quälten, wo, als das erste Gift aus den Duschen drang, die keine waren? Wo, als der Himmel nicht mehr leer war, sondern wie die Hölle Luzifers, des gestürzten Engels, von Phosphor glühte und vom Motorenlärm dröhnte?

Trotz allem gibt es in der englischen Sprache seit langem den Unterschied zwischen *heaven* und *sky*, ein Wort für die Gefilde der Seligen und ein anderes für das Firmament mit seinem unechten Blau und Wolken, Gewitter und Nebel, Morgenröte und Abendglut, Sonne und Mond, Milchstraße und anderen Sternen. Beide Wörter stehen bis heute im Lexikon, obgleich Johann Sebastian Bach, der Ahnherr, an den Herrn im *heaven* dachte und glaubte, als er in die Register der Orgel griff, während der Nachfahr in der Neuen Welt nur den *sky* über sich sah, leer und wirklich wie neu, als ob ihn nie etwas anderes als Nordlichter und Blitze gezeichnet hätten, ein Ort für Wolkenbildung, Ozonschichten und hohe Winde, Taifune und Strömungen unsichtbarer Art.

Aber dieses Himmelsgewölbe hat ihn auf seine Art gereizt, und wir sind jetzt in unserem Jahrhundert, in einer wahren Geschichte, obgleich sie wie viele ihrer Art so klingt, als stelle sie den Entwurf für einen Film aus der Zeit dar, in der man Petticoats trug und Popcorn zur Begleitmusik der Hammondorgel knusperte.

Es war also einmal ein junger Mann, der einem Flieger die Maschine wusch und dafür seine erste Flugstunde bekam, der das College nach einem Jahr verließ, weil er vom Fliegen besessen war, und der bei der US-Air-Force in tausend Flugstunden zum Jetpiloten ausgebildet wurde. Aber das war 1956, das Geld war knapp, die jungen Männer wurden aus der Luft geholt und an Schreibtische gesetzt, und wer wie Richard Bach zur Luftwaffe gegangen war, um zu fliegen, fühlte sich als Nachschuboffizier in Nevada gestrandet wie ein flügellahmer Zugvogel. Bach kündigte nach Ablauf seiner Dienstzeit, wurde Zivilflieger und später Mitglied der Air National Guard.

Ein Jahrzehnt lang vergrößerte er seine Flugerfahrung und seine Familie: Er heiratete seine Freundin aus der High School, Bette Frank, und bekam mit ihr sechs Kinder. Er hatte alle naslang neue Jobs, flog und vertrat Firmen, lieferte Telefonbücher und verkaufte Schmuck, hatte nie genug Geld, außer für Hamburger und Sprit, wohnte nirgends, zog mit alten Autos durch die Gegend und hat in diesen Jahren zwischen 1959 und 1969 alles geflogen, was ihm geboten wurde: Verkehrsmaschinen, Nachbauten von Doppeldeckern aus den zwanziger Jahren, Düsenjets und Filmmaschinen, in denen die Luftkämpfe des berühmten Barons Richthofen für die ersten Kriegsfilme so naturgetreu wie möglich nachgeflogen wurden. Er zog mit Propellermaschinen von Dorfanger zu Dorfanger, machte Schau- und Rundflüge und verbrachte die Nächte im Schlafsack neben seiner Maschine. Er war Postflieger, schrieb technische Artikel für Maschinenfabriken, war Herausgeber von Flugzeitschriften, verfaßte Hunderte von Erzählungen, Skizzen und Artikeln über das Fliegen und Flugzeuge, darunter ein fast wütendes Pamphlet gegen Möwen.

Diese Vögel besaßen seiner Meinung nach

alles, was ein Meisterflieger brauchte: starke Schwingen, Ausdauer, Geschmeidigkeit, hohes Beschleunigungsvermögen, aber sie nutzten es nicht. Sie flogen friedlich und nur so flink, wie man es täglich sehen kann, durch ihre Möwenwelt und schienen damit zufrieden zu sein.

Welche Verschwendung von Möglichkeiten! Welche Trägheit! Welch schmerzlicher Fehler, nicht nach dem Sinn und der Grenze des Möwenlebens zu fragen...

Und dann noch einmal eine Möwe. Eine Möwe, die Richard Bachs Leben verändern sollte und die Verhältnisse auf dem amerikanischen Buchmarkt dazu. Dies ist nun die Geschichte der Geschichte von Richard und Jonathan, von Mensch und Möwe, so wie sie der Mensch jedem, der sie hören und drucken und senden wollte, bereitwillig und immer wieder und in denselben Worten erzählt hat. Natürlich erst später, nachdem der Mensch und seine Möwe ein Synonym geworden waren.

Richard Bach lebte damals, 1959, in Belmont Shore in Kalifornien, und eines Nachts ging er am Ufer eines Kanals in der Nähe des Strandes spazieren. Plötzlich hörte er »rechts hinter mir«

eine Stimme, die laut und deutlich sagte: »Jonathan Livingston Seagull.« Richard Bach wußte natürlich, daß Jonathan Livingston ein berühmter Flieger der zwanziger Jahre war, und er spürte, wie sich ihm die Nackenhaare sträubten. Er drehte sich um. Keiner zu sehen. Er zögerte, dann lief er heim, ging in sein Zimmer und setzte sich aufs Bett. Schließlich sagte er: »Hör mal, Stimme, wenn du dir einbildest, ich wüßte, was das sollte, dann bist du auf dem Holzweg. Ich habe keine Ahnung. Wenn was dahintersteckt, dann mußt du es mir schon sagen.«

Die Stimme gehorchte, und Richard Bach sah wie in einem dreidimensionalen Film die Geschichte von Jonathan vor seinem inneren Auge abrollen. Bis zu der Szene, in der die Möwe, die eben nicht wie die anderen Möwen friedlich vor sich hin flattert, sondern die Möwen-Hochgeschwindigkeit entdeckt hat, wegen dieser Abartigkeit von ihrem Schwarm ausgestoßen wird. Kein Ende? Nein, kein Ende dieses Möwenfilms.

Trotzdem schrieb Richard Bach auf, was ihm die Stimme vermittelt hatte, versuchte sich selber ein Ende auszudenken, aber »auch wenn es lächerlich klingt – ich kriegte keins zustande«.

Also kam das Möwenmanuskript in eine Mappe und blieb, was es war, ein Bruchstück, das Richard Bach irgendwie nicht behagte. Er schrieb normalerweise ganz anders, sachlicher, manchmal auch sentimental, wie es sich eben für einen Kerl in den fliegenden Kisten gehörte.

Vergaß er darüber die Möwen-Mappe? Auf jeden Fall muß sie ihn durch diese wilden Wanderjahre begleitet haben, auf dem Grunde seines Gepäcks, auf dem Grunde seiner Gedanken.

Und dann, acht Jahre später, nach seinem ärgerlichen Artikel über die träge Muße der Möwen, der Meisterflieger, die nichts aus ihrem Leben machen, erwachte Richard Bach, der Gelegenheitsflieger, der noch nichts aus seinem Leben gemacht hatte, an einem kalten Wintermorgen um fünf Uhr aus einem merkwürdigen Traum über Möwen. Wieder lief die Filmvision so sinnlich und plastisch wie das Leben ab, und er sah, wie es mit Jonathan der Möwe weiterging. Wie Jonathan, von seinen Mitmöwen ausgestoßen, die letzte und äußerste Vollendung der Flugtechnik erreicht, sich im Himmel, im *heaven* glaubt und begreifen muß, daß er nur in anderen Dimensionen existiert, in einem erweiterten Bewußtsein seiner selbst und der Welt – also: des Himmels. Er findet Lehrmeister und lernt von ihnen, Raum und Zeit total aufzuheben. »Sein inneres Selbst war gleichzeitig überall.« Eine Möwe denkt, aber sie ist nicht nur, sondern sie ist in Gedanken dort, wo sie sein will. Und sie ist gut, ist so hilfreich wie die guten alten Schutzengel und opfert einen Augenblick dieser neugewonnenen Möwenwonne, um jungen ehrgeizigen, sehnsüchtigen Schwarmgenossen zu zeigen, wie man diese Schallmauer zur vollendeten Möwenewigkeit durchbricht.

Jonathan ist, wie die Kritik später bemerkte, eine typisch amerikanische Möwe, weil sie in animalischer Einfalt daran glaubt, daß man alles erreichen kann, was man erreichen möchte.

Richard Bach glaubte das auch und schrieb sofort das Ende seiner Möwen-Mär auf, »diesmal auf der elektrischen Schreibmaschine«. Dann allerdings mußte er mit seiner Möwe hökern gehen. Ein Verlag nach dem anderen lehnte ab. Manche fragten: Ist es eigentlich ein Kinderbuch oder was für Erwachsene?

Doch irgendwann änderte sich alles. Richard Bach ließ sich scheiden – Freiheit! Freiheit in privater und literarischer Beziehung – »das ist extrem wichtig für mich!« –, und dann nahm der Verlag Macmillan 1970 die Möwe an. Sie hatte schon im ersten Jahr den Anfangserfolg von »Vom Winde verweht« überholt und steht heute als Nr. 1 an der Spitze aller US-Bestseller seit Kriegsende.

Nach der »Möwe Jonathan« wollte Richard Bach gar nichts mehr schreiben, denn »ich schreibe gar nicht gern. Wenn ich einen Gedanken abwenden kann, draußen, in der Dunkelheit, wenn ich es vermeiden kann, die Tür, die zu ihm führt, aufzustoßen, strecke ich nicht einmal die Hand nach dem Bleistift aus. Aber ab und zu gibt es doch eine gewaltige Explosion mit herumfliegenden Glassplittern und Ziegeln und geborstenem Gebälk, und einer stolziert über die Trümmer zu mir herein, packt mich an der Kehle und sagt dann ganz sanft: Ich laß dich nicht los, ehe du mich zu Papier gebracht hast…«

Die Möwe Jonathan mußte etwas in Richard Bach verändert haben, denn plötzlich brach die Phantasie, das Phantastische, der Geist selbst in seine Fliegerepik ein.

Bach stellte sich vor, wie es wäre, wenn Christus in einem Doppeldecker neben ihm auf einer Wiese landete. Er sah ihn, er sprach und flog mit ihm und schrieb das alles in einem Roman namens »Illusionen«.

»Ich glaube nicht an die Realität der Zeit«, sagte er, und deshalb war er ein andermal zu Christi Zeiten dort, wo dieser Mann »über einen Marktplatz ging, ich war ein mächtiger Kerl, strotzend vor Kraft... Und er war so klein und zierlich, aber ich mochte ihn auf den ersten Blick, und er schaute mich an und sagte: Hi! und ging an mir vorüber, und mir standen die Tränen in den Augen. Es war ein Erlebnis, das mich tief erschüttert hat.«

Es erschütterte offenbar auch seine Leser, forderte freilich auch Spott heraus und Verachtung für das Durcheinander aller möglichen Jenseitsphilosophien, die sich Richard Bach nun zusammenbastelte und sie gekürzt in Reader's Digest nachlesen ließ. Das Verblüffende seiner Illusions-Geschichte vom »Messias wider Willen« ist das Happy-End, das er ihr gibt. Dieser Meister, den Richard Bach wie in den Evangelien »vom Himmel zur Erde nieder« kommen läßt, wird nicht nur Automechaniker, sondern verkündet: »In einem jeden von uns wohnt die Macht, sich für ein gesundes oder ein sieches, ein reiches oder ein armes, ein Leben in Freiheit oder Sklaverei zu entscheiden. Wir sind es, die darüber bestimmen – und niemand sonst.« Infolgedessen weist dieser Messias aus der fliegenden Kiste auch den Kelch des Leidens mit leichter Hand ab: »›Unendliches, strahlendes Sein, wenn es dein Wille ist, so laß diesen Kelch an mir vorübergehen... Laß mich zu meinen Motoren und Werkzeugen zurückkehren und laß mich leben wie jeder andere Mensch.‹ Und eine Stimme sprach zu ihm auf dem Berg, eine Stimme, die weder männlich noch weiblich, weder laut noch leise war. Und diese Stimme sprach zu ihm: ›Nicht mein Wille, sondern dein Wille geschehe, denn dein Wille ist auch der meine. Geh deines Weges wie die anderen Menschen und werde glücklich auf dieser Erde.‹« Zwei Abschnitte weiter schreibt Richard Bach selbst: »Einen Augenblick hatte es der Menge die Sprache verschlagen« – was man wahrhaftig verstehen kann. Aber sein Messias »bahnte sich einen Weg durch die Menge und verließ sie und kehrte zurück in die Alltagswelt der Männer und Maschinen«.

Bei dieser angenehmen Männerphilosophie der Sanftheit und dem Lob der Freiheit und der Selbstbestimmung blieb Richard Bach seitdem: Wir sind verspielte Geschöpfe, müssen nur tun, was uns Spaß macht, können von keinem verletzt werden, wenn wir diese Verletzung nicht selber wollen.

»Ich glaube nicht, daß dieses Universum sinnlos ist.« Das sagte Richard Bach in einem Interview im Jahre 1977, nach dem Zweiten Weltkrieg, nach Auschwitz, nach Vietnam. Und über die Liebe verkündete er: »Kosmische Liebe. Ich bin und du bist, und das ist alles.«

Als Richard Bach seine großen Erfolge hatte, war er Mitte dreißig. Fotos aus dieser Zeit zeigen einen Mann mit einem schmalen Gesicht, krausen Haaren und einem buschigen Schnurrbart. Er lächelt auf allen, er lächelt offenbar gern, denn in seinen Augenwinkeln nisten die strahlenförmigen Lachfalten, und in der Höhe des Schnurrbarts entsprechen ihnen die Schmunzelgrübchen.

Dieser Schnurrbart hat in Bachs Leben eine

entscheidende Rolle gespielt. Als er in den sechziger Jahren in der Air National Guard zu fliegen begann, sagte einer seiner vorgesetzten Offiziere zu ihm: »Captain Bach, Sie müssen Ihren Schnurrbart um einen guten Zentimeter stutzen lassen. Er ist länger, als die Vorschriften erlauben.«

Richard Bach wollte trotzdem in seinen Jet steigen, doch damals spielte die Haarlänge insgesamt eine ganz bestimmte Rolle, und sein Staffelkapitän blieb hart und befahl: »Halt! So nicht!« Da ließ der Captain Bach den Steuerknüppel fahren und verwandelte sich wieder in Mr. Bach. Die Freiheit war ihm in jedem Fall kostbarer und wertvoller.

Aber gibt es heute, abgesehen vom Bart, wirklich noch Freiheit? Gehört sie nicht zu den Illusionen, ist nichts als der uralte ewige Traum, der um so sehnsüchtiger wird, je mehr der Mensch sich in wachen Minuten seine Traumhaftigkeit eingestehen muß?

Sich über alles hinwegsetzen. Frei sein, sich frei bewegen können. Nein, sagen Flieger, bilde dir nicht ein, daß du das spürst, wenn du in einer Verkehrsmaschine in sieben oder zwölf Kilometern Höhe auf den internationalen Luftstraßen fliegst, eingezwängt in schmale Sitze, neben schnarchenden, stinkenden Fremden, die dir selbst den Platz auf der Lehne streitig machen. Wo ist da ein Unterschied zu Bus oder Bahn? Du kannst dich noch weniger bewegen als dort, und wenn du zum Bullauge hinausschaust, siehst du die Wolkendecke unter dir, oder es ist Nacht. Nein, nein, nur wenn du in einer kleinen Maschine sitzt und spürst, wie du auf der Luft ruhst, wie sie dich trägt, wie du sie durchschneiden kannst, dann fängst du an zu ahnen, was Fliegen sein kann.

Alte Flieger sagen: Es hat eine kurze Zeit gegeben, da gehörte uns wirklich der Himmel. Das war vor dem Ersten Weltkrieg, ehe aus Flugzeugen Bomben geworfen wurden, ehe das Flugzeug nur eine schnellere Art der Beförderung als Auto oder Linienschiff bot, ehe das Flugzeug Zwecken diente und allgemein wurde.

Es gab eine kurze Zeit, da stiegen die Männer mit ledernen Hauben und Wickelgamaschen in ihre Doppeldecker, die ihnen gehörten, die sie gebaut hatten, und sie warfen die Propeller an und stiegen auf, und wenn sie auch immer wieder in den Kartoffelacker ihrer Bauern krachten und der luftige Vogel von den erdgebundenen Ochsen aus dem Lehm gezogen werden mußte, und wenn sie sich die Knochen brachen und die Familie in Verzweiflung setzten: Sie flogen und spürten den Wind im Gesicht und hörten, wie er im Gestänge pfiff und die Tragflächen knattern ließ.

Es gab eine kurze Zeit, da war der Mensch ein Vogel, nicht nur im Traum, nicht nur in Sagen und Märchen. Er war ein Vogel, freier als ein Vogel, weil Vögel nicht zum Spaß fliegen. Und er war sich dieser Freiheit wie im Rausch bewußt, weil sie etwas Ungeheures war: unangemessen, angemaßt. Eine wunderbare wahrhaft göttliche Gabe, die Welt von oben zu sehen. Die glitzernden Flüsse und Tümpel, das weiche Grün, das sich an die Erdkugel schmiegt, der Himmel, der nicht mehr oben ist, sondern durchlässig geworden.

Glück des Fliegens. Poesie des Fliegens. Die Wüste und das Meer und die Einsamkeit der Sterne – was für ein Entwurf! »Der kleine Prinz« ist die Traumfigur, die diesem kurzen Moment entsprang, ein Kind, das wie alle Kinder der Romantik ohne Schuld ist und wie eine Blume aus Sanftheit und Weisheit im Unirdischen aufblüht und im Weltall reift. Das war die Zeit der begeisterten jungen Männer: »Reif werden und rein bleiben!«

Noch einmal die Frage: Traum? Illusion? Selbstbetrug? Damals trug die Erde zwei Milliarden Menschen weniger. Damals war die Technik noch Fortschritt und der Fortschritt noch Hoffnung, die wir heute, am Ende dieses Jahrhunderts, kaum mehr ermessen können, kaum nachempfinden.

Seit damals hat der rote Baron noch einmal ritterliche Gefechte in den Lüften durchgespielt. Ehre und Kameradschaft, und wenn das geflügelte Streitroß wieder die Nase in Kartoffeläcker bohrte, in Feindesland diesmal, war das Pech, ein verlorenes Rennen, eine verlorene Wette, und es kursieren die Legenden vom Champagner, der dann von Freund und Feind gemeinsam über dem gelungenen Sportstreich getrunken wurde.

Doch andere bastelten Bomben aus leeren Konservendosen und warfen sie über Bord, andere bastelten Pläne für die Luftwaffe, und nach zwei Weltkriegen, nach einem halben Jahrhundert Nachkriegszeit, die nur für das zentrale Europa eine Zeit ohne Krieg war, hat das Dröhnen der Motoren nichts mehr mit dem sanften Kleinen Prinzen zu tun. Der Himmel ist voll. Ja, auch voll von Rosinenbombern und Charterflugzeugen, aber jeder verdrängt, daß jeder Start einer Düsenmaschine mehr Sauerstoff verbrennt, als das bißchen Wald, das bei uns noch gesund ist, an einem einzigen Tag freisetzen kann.

Die Freiheit, die uns teuer ist. Die Freiheit, die uns erstickt, die Freiheit, die sich der Mensch nicht nehmen läßt. Er will sie. Braucht sie. Er liest fast süchtig die Geschichten von früher, als die Männer in ihren Doppeldeckern über die Weltmeere, über die Wüsten, über den riesigen nordamerikanischen Kontinent schwirrten, über Ortschaften kreisten, bis die Leute neugierig die Hälse reckten und nach oben starrten. Als sie auf jeder x-beliebigen Wiese landen und wieder aufsteigen konnten. Als sie die Bauern und die Mädchen und die jungen unruhigen Leute für ein paar Dollar an diesem Glück des Fliegens teilnehmen ließen und sich von diesem Geld satt essen konnten. Das war ein Abenteuer, das

Abenteuer des Fliegens, vielleicht das letzte wahre Abenteuer, das sich die Menschen noch gönnen konnten.

Dort, in dieser Weite und Himmelsferne, kann man sich schon jemanden vorstellen, der sich vorstellt, daß jemand dem Himmel ganz und gar zu eigen ist. Oder besser: daß ihm der Himmel mit all seinen unerforschlichen Möglichkeiten zu eigen ist. Das wäre die wahre Freiheit, für die das Fliegen nur eine Art der Bewegung wäre, eine von vielen Handlungen, für die man sich entscheiden könnte und die auch die Hoffnung wieder weckte. Die Hoffnung auf was?

Einmal, um 1950 herum, bin ich in Rom gewesen, und andere Studenten erzählten, eine Frau hätte im Süden der Stadt die Heilige Jungfrau gesehen, und sie, die Frau, läge dort bei den Drei Quellen immer noch auf den Knien und betete. Ich ging dorthin, von der Endstation eines Busses aus über wildes, dürres Land, und ich brauchte nicht nach dem Weg zu fragen, weil ich zwischen Scharen von schweigenden Menschen war. Ein flacher Hügel, die Flanke wie mit der bloßen Hand ausgehöhlt, in der Erdnische eine Gipsfigur der Madonna und überall flakkernde Kerzen, um die Figur herum, in den Händen derer, die langsam an ihr und an der wahrhaftig immer noch knienden Frau vorüberzogen. Geklapper der Rosenkränze, Gemurmel des Ave Maria. Ein leichter Regen, eine merkwürdige Stille. Noch keine Bude eines fliegenden Händlers, noch kein Priester, der die Wahrheit der Vision zu prüfen gesandt war. Nichts als die feuchte Erde, die schwerfälligen Tritte der Menschen, das Licht um eine Gipsfigur unter einem weißen Himmel, der sich, wie die Frau sagte, geöffnet hatte.

Unterdessen haben Menschen den Mond betreten und den Code der eigenen Gene entschlüsselt. Kann sich ein Mensch noch vorstellen, daß sich der Himmel so öffnet wie über den Drei Quellen?

Flugkörper, die den Erdkreis verlassen, Sonden, die sich der Sonne nähern, Spiegel, die Signale toter Sterne empfangen – was ist da das Glück des Fliegens? Hoch über mir, unsichtbar, der Weltraumschrott. Unter mir die bräunlich-goldenen Rauchschwaden der Fabriken, der Smogschleier über den Städten, die von Giften versengten Wälder auf den Hängen der Gebirge. Ist es nicht besser, vom Fliegen zu träumen?

Richard Bach hat als Flieger begonnen, hat Geschichten vom Fliegen geschrieben und von denen, die wie im Fluge der Gedanken entstanden. Es sei gar nicht sein Eigenes gewesen, hat er in Interviews gesagt, er habe Stimmen gehört. Er habe nur zugehört, habe nur notiert, was er vernommen hatte.

Vermutlich stimmt das auf die merkwürdige Art und Weise, wie alles bei Richard Bach läuft. Er nimmt wahr. Er wittert die Gefühle. Er hört das unstillbare Verlangen nach einer Welt, die es nicht gibt, die es niemals gab und auch nie geben kann. Er ist nur derjenige, der hört, so schuldlos wie ein Gegenstand. Er muß nichts verdrängen, er muß nicht über das nachdenken, was er wahrnimmt. Er weiß genau, was Schuld und Versagen und Sünde und Verbrechen sind, aber er schaut in den Himmel, in den *sky*, er blickt gelassen über alles hinweg. Das kann sicher nur ein Mensch, der verschont geblieben ist, der sich nicht hat einmischen müssen, der nicht auf die Probe gestellt wurde und für den Freiheit eine Sache der Schnurrbartlänge ist.

Und der sich vorstellen kann, der Wille des Menschen sei frei wie eine Möwe.

So blickt er wie eine Möwe um sich, und er sieht das Blau. »Laßt uns doch Gott sagen statt *sky*. Der Himmel ist natürlich nicht Gott, aber für Leute, die gerne fliegen, kann der Himmel ein Sinnbild für Gott sein, und wenn man sich's richtig überlegt, gar kein so schlechtes.«

Der *sky* ist die Heimat seiner Vögel, der Möwe und des Adlers, des Habichts, des Kolibris und der Eule. Sie sind die wahren Helden seines Werks: weise wie in den Fabeln der Römer und der Indianer, weiser als die Menschen, aber dazu gehört wohl nicht viel.

Und sie sind so frei, wie der Mensch noch lieber als weise sein möchte: frei, zu fliegen, wohin sie wollen, frei von Schuld.

Dann kann man ohne ein Federzucken vom »leuchtenden Weg zum Wesen der Dinge« sprechen und von der Gabe des Ringes, der neue Kraft verleiht. »Wenn du ihn trägst, kannst du dich in die Schwingen aller Vögel versetzen… kannst den Wind spüren, der durch ihre samtenen Federn streicht. Das Glücksgefühl, sich über die Welt und all ihre Sorgen zu erheben, wird dir zuteil werden ... und wenn du danach verlangst, zur Erde zurückzukehren, wirst du auf all deine Fragen Antworten gefunden haben und deiner Ängste ledig sein.«

Wer wünscht sich das nicht bisweilen?

Bitte beachten Sie
die folgenden Seiten:

Richard Bach

Die Möwe Jonathan

Ullstein Buch 20897

Die Geschichte einer Möwe, die anders ist als ihre Artgenossen, die an das Abenteuer des Fliegens als Teil der großen Freiheit der Möwen glaubt. Einer der sensationellsten Bucherfolge, das Kultbuch unserer Zeit.

»Die Geschichte von der eigenwilligen Möwe, die nach Vollkommenheit strebt, könnte unter die zehn Bücher fallen, die man bekanntermaßen auf eine einsame Insel mitnehmen möchte.«

Westermanns Monatshefte

Ullstein

Tom Sharpe